這本書的主人是：

....

分享2 當我們同在一起

文｜安喜亞‧賽門絲　圖｜喬治雅‧博琪

譯｜賴嘉綾、陳秋彤、陳禛

獻給我最棒的寶貝 傑克
──喬治雅‧博琪（Georgie Birkett）

獻給我的父母親，和我的寶貝 亨利
──安喜亞‧賽門絲（Anthea Simmons）

我ㄨㄛˇ的ㄉㄜ˙弟ㄉㄧˋ弟ㄉㄧ˙年ㄋㄧㄢˊ紀ㄐㄧˋ小ㄒㄧㄠˇ，
有ㄧㄡˇ很ㄏㄣˇ多ㄉㄨㄛ事ㄕˋ情ㄑㄧㄥˊ，他ㄊㄚ還ㄏㄞˊ不ㄅㄨˋ會ㄏㄨㄟˋ。

他不會跑步，

也不會爬樹！

他_{ㄊㄚ}不_{ㄅㄨ}懂_{ㄉㄨㄥ}說_{ㄕㄨㄛ}「謝_{ㄒㄧㄝ}謝_{ㄒㄧㄝ}」，
也_{ㄧㄝ}不_{ㄅㄨ}懂_{ㄉㄨㄥ}說_{ㄕㄨㄛ}「請_{ㄑㄧㄥ}」！

他（ㄊㄚ）不（ㄅㄨˋ）會（ㄏㄨㄟˋ）自（ㄗˋ）己（ㄐㄧˇ）穿（ㄔㄨㄢ）衣（ㄧ）服（ㄈㄨˊ），
也（ㄧㄝˇ）不（ㄅㄨˋ）會（ㄏㄨㄟˋ）選（ㄒㄩㄢ）擇（ㄗㄜˊ）想（ㄒㄧㄤˇ）穿（ㄔㄨㄢ）哪（ㄋㄚˇ）一（ㄧ）件（ㄐㄧㄢˋ）！

他_{ㄊㄚ}不_{ㄅㄨ}會_{ㄏㄨㄟ}自_ㄗ己_{ㄐㄧ}刷_{ㄕㄨㄚ}牙_{ㄧㄚ}，

他ㄊㄚ不ㄅㄨ會ㄏㄨㄟˋ自ㄗˋ己ㄐㄧˇ擤ㄒㄧㄥˇ鼻ㄅㄧˊ涕ㄊㄧˋ！

他ㄊㄚ 不ㄅㄨˋ 會ㄏㄨㄟˋ 畫ㄏㄨㄚˋ 圖ㄊㄨˊ，

他不會唱歌！

也不會寫自己的名字，

而且他的算數總是算錯！

他還會把東西弄得一團糟。
他會扔食物，

他會粗魯的
把舌頭伸出來！

他ㄊㄚ會ㄏㄨㄟˋ玩ㄨㄢˊ得ㄉㄜ˙
髒ㄗㄤ兮ㄒㄧ兮ㄒㄧ，

啊啊啊啊

啊啊啊啊啊！

他_{ㄊㄚ}會_{ㄏㄨㄟˋ}尖_{ㄐㄧㄢ}叫_{ㄐㄧㄠˋ}和_{ㄏㄢˋ}大_{ㄉㄚˋ}吼_{ㄏㄡˇ}。

他_{ㄊㄚ}會_{ㄏㄨㄟ}說_{ㄕㄨㄛ}「不_{ㄅㄨ}」

和_{ㄏㄢ}「爸_{ㄅㄚ}爸_{ㄅㄚ}」

還有「我」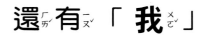

「蛋糕」

和「出去」

他會早早起床，
然後吵醒我。

有時候，他會弄壞我的玩具。
（媽媽說，那只是不小心的。）

當我感到生氣，
希望他消失的時候，

他就會露出
甜甜的微笑，拉拉我的頭髮。

他會緊緊抓著我的手，凝視著我的臉。

然後，我就了解世界上沒有任何人可以取代他。

就ㄐㄧㄡˋ算ㄙㄨㄢˋ有ㄧㄡˇ時ㄕˊ候ㄏㄡˋ，
他ㄊㄚ會ㄏㄨㄟˋ讓ㄖㄤˋ我ㄨㄛˇ感ㄍㄢˇ到ㄉㄠˋ生ㄕㄥ氣ㄑㄧˋ或ㄏㄨㄛˋ是ㄕˋ難ㄋㄢˊ過ㄍㄨㄛˋ，

但_{ㄉㄢˋ}他_{ㄊㄚ}還_{ㄏㄞˊ}是_{ㄕˋ}我_{ㄨㄛˇ}最_{ㄗㄨㄟˋ}棒_{ㄅㄤˋ}的_{ㄉㄜ˙}弟_{ㄉㄧˋ}弟_{ㄉㄧ˙}。

分享愛・愛分享
一起擁抱最美好的時光

文／蒙特梭利教育專家　羅寶鴻

孩子不願意分享是不是很自私？成人該如何引導，才能讓孩子擁有「分享」的好品格？
蒙特梭利教育專家羅寶鴻從教學經驗出發，建議父母先釐清以下幾個觀念：

發展尚未到，孩子「不願分享」很正常

要求孩子「分享」前，要先考量孩子的年齡。例如 5、6 歲的孩子，由於已經開始發展社會化，比較能「將心比心」；3 歲以下的孩子，則還在發展對環境的定位、秩序與安全感，物權觀念尚不明確，因此不樂於分享，甚至會搶別人的玩具。這時請家長不用太緊張，他並不是「自私霸道沒禮貌」，只是「成熟階段還沒到」。
此外，在孩子還無法理解「分享」的觀念之前，別強迫他必須要分享，甚至用：「你如果不分享，就是自私、不大方」的觀念來灌輸孩子，這是不正確的。

分享與否，決定權在於孩子

大人也會有不願意和他人分享的東西，將心比心，其實孩子也一樣。每個人都有權力決定是否分享自己的物品，如果您的孩子在玩玩具時不想借給別人，這也是應該要允許的，因為，在不情願的狀況下被迫分享，不但會削弱孩子的自我價值感，也並非美德培養的方式，家長要做的是，去體諒孩子不想分享的心情。

沒有物品所有權，給了別人也不能說是分享

當家長要求「大的要讓小的」，不聽話就給予相應處罰時，代表玩具的所有權是家長的，孩子不會在過程中學到「分享」，只會感受到屈服的「委屈」。
面對這樣的問題，比較好的做法是，跟孩子 A 說：「等你玩完之後，再跟孩子 B『分享』」讓孩子學習「要玩就要輪流等待」，同時嘗試轉移孩子 B 的注意力，請他先去玩別的東西。每個孩子都需要更多與他人互動的經驗值，家長必須循序漸進。

培養分享美德，要先從願意分享的物品開始

當孩子心甘情願，釐清並接納分享的概念之後，分享的行為才會達到教育意義。

家長可以先與孩子討論，哪些玩具是願意分享給朋友的？哪些是不想分享的？跟其他孩子玩時，就可以把願意分享的玩具讓給其他孩子。

學習分享的過程中，最重要的是讓孩子覺得「這是公平的」，並出於自己的意願，這樣才會慢慢學到如何分享。

與此同時，若家長能多給予即時、誠懇、具體的鼓勵，將增長孩子的歸屬感與價值感。

幫助孩子了解「約定」的重要性

如果家長曾與孩子討論且約定過，但當下孩子強烈抗拒分享，建議要幫助孩子了解，約定不能高興就遵守，不高興就不遵守，並引導他將之前說可以分享的玩具讓其他孩子使用。當然，他還是可以玩他願意分享的玩具，在沒有其他孩子使用時。

這時候大人要注意的是：

① 安定自己內心：大人須先安頓好自己的內心，再處理孩子的情緒。

② 了解這是常有的事情：孩子年紀還小，不要把他當下行為解讀成「自私」，他只是尚未學會「大方」。

③ 同理但不處理：同理孩子情緒，但當下不要一直跟他講道理。

④ 轉移他的注意力：引導他玩其他的玩具。

⑤ 不要坐以待斃：若孩子情緒一直無法恢復，可以先帶離現場，等恢復後再回來跟其他孩子一起玩。

作者｜安喜亞‧賽門絲

畢業於牛津大學英國文學系，曾在大城市裡努力工作 23 年，2001 年轉任英文教師，
全心投入劇本寫作，並為兒童改寫莎士比亞作品。目前住在英國德文郡，熱衷於繪畫創作。

繪者｜喬治雅‧博琪

喜歡貓頭鷹，更愛爬樹，來自充滿藝術氣息的家庭，
祖父為英國童書界資深出版人，曾和祖母開設畫室，因此從小耳濡目染愛上繪畫。
1996 年畢業於英國布萊頓大學，繪有許多嬰幼兒圖畫書，
獲得多項童書大獎，其中《Peepo Baby》、《The Big Night Night book》兩本書
還獲得英國公益組織「圖書信託基金會」（Booktrust）青睞，
選入「Bookstart 閱讀起步走」嬰兒免費贈書計劃。

譯者｜賴嘉綾、陳秋彤、陳禛

賴嘉綾，作家、繪本評論人。西雅圖華盛頓大學環境科學與工程碩士。
在地合作社 ThePlayGrounD 創辦人，從用繪本帶小孩、交朋友、過生活，到成為致力推廣閱讀的繪本職人。
部落格：Too Many PictureBooks!
專欄： Okapi 主題繪本控
陳秋彤，英國科陶爾藝術學院藝術史學士，劍橋政治經濟學碩士。
從小看繪本比吃飯快，希望成為全世界最棒的小姐姐，
很開心能與媽咪一起翻譯了這本暢銷的繪本。
陳禛，英國倫敦大學物理學學士，美國康乃爾大學資訊工程碩士。
吃繪本看 YouTube 打電玩長大的一代，與姐姐分享許多祕密，這是兩人合作的第一本譯書。

國家圖書館出版品預行編目 (CIP) 資料

分享. 2, 當我們同在一起 / 安喜亞.賽門絲(Anthea Simmons)文 ; 喬治雅.博琪(GeorgieBirkett)圖 ; 賴嘉綾, 陳秋彤, 陳禎譯. -- 第二版. -- 臺北市 : 親子天下股份有限公司,2024.07

36 面 ; 23*22.5 公分. -- (繪本 ; 323)

國語注音

譯自 : The best, best baby!

ISBN 978-626-305-982-5(精裝)

1.SHTB: 親情--3-6 歲幼兒讀物

873.599   113007497

繪本 0323

分享2 當我們同在一起

文｜安喜亞・賽門絲（Anthea Simmons）　圖｜喬治雅・博琪（Georgie Birkett）　譯｜賴嘉綾、陳秋彤、陳禎

責任編輯｜熊君君、陳婕瑜、張佑旭　美術設計｜陳珮甄　行銷企劃｜張家綺

天下雜誌群創辦人｜殷允芃　董事長兼執行長｜何琦瑜

兒童產品事業群

副總經理｜林彥傑　總編輯｜林欣靜　行銷總監｜林育菁　資深主編｜蔡忠琦　版權主任｜何晨瑋、黃微真

出版者｜親子天下股份有限公司　地址｜台北市 104 建國北路一段 96 號 4 樓　電話｜(02)2509-2800　傳真｜(02)2509-2462　網址｜www.parenting.com.tw

讀者服務專線｜(02)2662-0332　週一～週五：09:00~17:30　傳真｜(02)2662-6048　客服信箱｜parenting@cw.com.tw

法律顧問｜台英國際商務法律事務所・羅明通律師　製版印刷｜中原造像股份有限公司　總經銷｜大和圖書有限公司 電話：(02)8990-2588

出版日期｜2013 年 3 月第一版第一次印行

2024 年 7 月第二版第一次印行

定價｜320 元　書號｜BKKP0323P　ISBN｜978-626-305-982-5（精裝）

———————— 訂購服務 ————————

親子天下 Shopping　｜ shopping.parenting.com.tw

海外・大量訂購｜ parenting@cw.com.tw

書香花園｜台北市建國北路二段 6 巷 11 號　電話（02）2506-1635

劃撥帳號｜50331356　親子天下股份有限公司

立即購買 >